받아들임

정태성 시집 (6)

도서출판 코스모스

받아들임

머리말

지하철을 기다리다가
지하철 안에서
버스를 기다리다가
버스 안에서
할 일을 다 마치고 나서
잠을 자기 전에나
마음이 아파 깊은 밤에
시를 쓰기도 합니다.
시를 쓰며 나를 돌아보고
스스로를 위로하며
그렇게 힘을 얻습니다.
그래서 오늘도
저는 시를 쓰고 있나 봅니다

2021. 11.

차례

차례

차례

차례

1. 받아들임

그냥 받아주면 됩니다

있는 그대로 그냥
받아주면 됩니다

나를 비우고
그 비운 공간으로
그냥 넉넉히 품으면 됩니다

아무 생각도 없이
나를 주장하지도 말며
그를 탓하지도 않은 채
그냥 받아주면 됩니다

내가 옳은지
그가 옳은지
알려 하지도 말며
그냥 다 받아주면 됩니다

어차피 찰나를 살아갈 인생
이것이나 저것이나
별 차이가 없으니
그냥 다 받아주면 됩니다

2. 무소식

소식이 없습니다
걱정이 됩니다

무슨 일이 있는 걸까요
힘든 일이 생겼나 봅니다

내가 해줄 수 있는게 없어서
너무 멀리 있어서
만날 수도 없어서
애만 탈 뿐입니다

나의 무능력에
나의 한계에
답답할 뿐입니다

아무일도 없기만을
바랄 뿐입니다.

3. 서슴없이

서슴없이 떠난다
나는 자유하기 때문이다

거리낌 없이 떠난다
잃을 것이 없기 때문이다

미련 없이 떠난다
모두 내려놓았기 때문이다

이유 없이 떠난다
할 것을 다했기 때문이다

아름답게 떠난다
더 아름다움을 찾기 위함이다

이룰 수 있기에 떠난다
보다 나은 나를 위하여

4. 말없이

말없이 다가왔다
말없이 물러갑니다

다가오는 모습에
행복했건만

사라지는 모습엔
눈물이 납니다.

차리리 오지를 말지
왜 가는 건가요

그래도 언젠간
다시오기를 바랄뿐 입니다

5. 정체

정체가 무엇일까요
왜 오는 것일까요

이유가 있긴 할텐데
알 수가 없습니다

기대하고
바라고
희망하건만

의심이 더 커짐은
어쩔 수 없습니다

알 수 있으면 좋겠습니다
숨지 말고
모습을 보여
진실이기만을
바랄 뿐입니다

6. 실체

항상 그 모습이 아닙니다
언제든 변할 수 있습니다

존재하는 건 분명합니다
스스로 존재하기도 하지만
의존해 존재하기도 합니다

그로 인해 구성됩니다
관계로 얽힐 수 있습니다

무언가의 본질이며
무언가의 나타남입니다

밝혀져야 하며
밝혀내야 합니다

그것이 실체입니다

7. 위선

보이기 위해서뿐입니다
진정 의롭지 않습니다
거짓입니다
참나를 방해합니다
존재하지 않음입니다
진실치 못함이 섞였습니다
나를 부인합니다
내면과 다릅니다
타자를 속일뿐입니다
희망이 없습니다
결국 파멸에 이릅니다
진정한 나를 위한 것이 아닙니다
멀어져야 할 대상
그것이 위선입니다

8. 다 받아들임

모든 것을 받아들입니다
생각을 하지 않습니다
판단도 하지 않습니다
내가 없습니다
그냥 있음으로 만족합니다
모든 것을 다 포용합니다
무조건적 사랑입니다
그렇게 다 받아들입니다

9. 어떤 사람

어떤 사람은 그 사람을 받아들이지만
어떤 사람은 그 사람을
받아들이지 못합니다

어떤 사람은 많은 사람이 좋아하지만
어떤 사람은 많은 사람이
좋아하지 않습니다

어떤 사람은 자신을 주장하지만
어떤 사람은 자신을 주장하지 않습니다

어떤 사람은 자신이 항상 옳다고 하지만
어떤 사람은 자신이 옳지
않을 수 있다고 합니다

어떤 사람은 다른 사람이
틀리다고 하지만
어떤 사람은 다른 사람이
옳을 수 있다고 합니다

나는 어떤 사람일까요?

나는 어떤 사람이 되려고 하고 있나요?

나는 어떤 사람이 될 수 있을까요?

10. 그곳

닿을 수 없는 곳
너무나 머나먼 곳

바라만 보아야 하기에
갈래야 갈 수도 없기에

마음을 아프게 하는 곳
눈물이 흐르게 하는 곳

그 언제 갈 수는 있는지
웃으며 갈 수는 있는지

차라리 없으면 좋을 곳
있어도 닿지 않는 곳

11. 자유함

미워하지 않습니다
시기와 질투가 없습니다
원망하지 않습니다

나 자신에 만족합니다
조그만 것에 행복합니다
스스로 기뻐할 줄 압니다

타인에 공감하며
따뜻한 마음으로
모든 것을 품습니다

그도 행복해야 하고
사랑받아야 함을 압니다

나도 다른 것들도 모두
소중한 존재임을 압니다

있는 그대로 존중합니다
그러기에 나눌 수 있습니다

어떤 것에도 개의치 않고
어떤 일에도 흔들리지 않습니다

나는 이제 자유합니다

12. 주어진 대로

주어진 그대로
존중합니다

주어진 그대로
받아들입니다

주어진 그대로
믿어줍니다

주어진 그대로
온전하길 바랍니다

주어진 그대로
사랑합니다

오직 주어진 그대로

13. 만족

찾을 필요 없습니다
멀리 있지 않습니다

대체할 것은 없습니다
대체해도 별 차이가 없습니다

밖으로 갈 필요가 없습니다
안에 있는 것으로 충분합니다

더 행복할 수 있습니다
더 기쁠 수 있습니다

만족은 내 안에 있을 뿐입니다

14. 기다림

오늘은 오지 않지만
언젠간 올거라 믿기에

오늘 만날 수 없지만
언젠간 만나리라 믿기에

오늘 얘기할 수 없지만
언젠간 얘기할 수 있기에

오늘 나눌 수 없지만
언젠간 나눌 수 있기에

삶은 기다림의
연속인가 봅니다

15. 늘 그곳에

그곳에 항상 있습니다

어제도 그곳에 있었고
오늘도 그곳에 있습니다

따뜻한 마음을 가지고
항상 저를 지켜보며
매일 저를 걱정하며
늘 그곳에 있습니다

힘들면 그곳을 바라봅니다
아프면 그곳을 바라봅니다
늘 그곳이 그립습니다
늘 그곳이 있기를 바랍니다

늘 있던 그곳이 사라지면
전 어떻게 해야 하나요?

16. 그 소리

그 소리 나에게 들리지 않아
너무 멀어서인지
소리가 작아서인지

내 소리 그곳에 들리지 않아
무엇이 가로막은 듯
무엇이 흡수하는 듯

17. 그 모습

밝은 모습이 그립습니다

아직은 너무나 아파서
아직은 너무나 힘들어서

밝은 모습이 아직 먼 듯 합니다

오래도록 기다렸건만
그리도 소원했건만

시간이 더 흘려야 하나 봅니다

그 모습이 언젠간 나오겠지요?
밝은 모습을 언젠간 볼수 있겠지요?

18. 날아가는 새

새들이 날아갑니다

저 하늘 위에서
새들이 날아갑니다

새들은 갈 수 있지만
저는 여기 있어야 합니다

새들은 가벼이
자유롭게 날아가지만

저는 새들을
지켜보기만 할 뿐입니다

저에게 주어진
삶의 무게는 너무 무겁고

제가 해야 할 일은
너무나 많기 때문입니다

19. 풍경소리

풍경소리 들리지 않으니
바람이 불지 않는가보다

풍경소리 이제야 들리니
바람이 부는가 보다

삶에도 바람이 불어야
즐거움을 아는 것일까

힘든 일을 겪어봐야
기쁨을 아는 것일까

20. 또 다시

끝나지 않았으니
다시 시작함으로

아직 죽지 않았기에
다시 태어남으로

실패가 있었지만
성공도 있으리니

또 다른 시작이
삶의 희망이리

21. 힘들 때

힘들 때나 어려울 때도
웃음으로

삶의 계획이 어긋날때도
웃음으로

고난과 역경속에도
웃음으로

아픈 웃음이지만
언젠간 진정한 웃음으로

22. 언젠간

멀리 있지만
가까이 있는 듯 합니다

알게된 지 얼마 안됐지만
오래된 듯 합니다

얘기한 적 별로 없지만
많이 대화한 듯 합니다

많은 차이 있지만
차이 없는 듯 합니다

언제 만날지 모르지만
언젠간 만날 수 있겠지요

23. 그 모습

차분한 듯 조용합니다
온화한 듯 따뜻합니다
예민한 듯 너그럽습니다
밝은 듯 환합니다
깔끔한 듯 맑습니다
소극적인 듯 적극적입니다
세심한 듯 넉넉합니다

그래서 그 모습이
아름다운가 봅니다

24. 후회한들

후회한들 무엇하리
생각한들 무엇하리

아쉬움도 남아있고
미련도 남았지만

이제는 내려놓고
이제는 맡기리니

삶은 그런 것
모두에게 그런 것

인간은 유한할 뿐
한계가 있을 뿐

25. 잘못

나는 몰랐다
그것이 그렇게 큰 잘못인 줄을

나는 알았다
그것이 조그만 욕심인 줄은

나는 할 수 없다
이제는 그것을 돌이키는 것을

나는 받아들인다
나의 모든 잘못을

26. 고치지 못해

고칠래야 고칠수 없고
원한다고 되지도 않고

기회는 주어지지 않으니
모든 것이 나의 탓이리

누구를 원망할까
무엇을 기대할까

이제는 흘러가게
지켜보는 것 밖엔

27. 삶

삶은 내게 무엇을 주었을까
기쁨인가
행복인가
즐거움인가

삶은 내게 무엇일까
의무일까
누림일까
선택일까

삶은 내게 왜 있을까
우연일까
필연일까
운명일까

흐르는 물처럼
날아가는 새처럼
피어나는 꽃처럼

28. 날씨 맑음

어제는 비가 오고
바람이 세찼습니다

오늘은 안개끼고
구름 많고 흐렸습니다

내일은 햇빛나고
따뜻할까요?

모레는 아주 맑고
바람마저 없길 소원합니다

29. 잘못

과거의 잘못도
지금의 잘못도
모두 사라져 버렸으면

모든 나쁨을 버리고
모든 악함을 버리고

선함으로
맑고 깨끗함으로

쌓이고 쌓일때까지
그 모든 것이 사라지고
쌓일때까지

30. 이루어지이다

원하는 것이 이루어지이다
바라는 것이 이루어지이다

원하는 것도
바라는 것도
나의 존재도
나의 삶도
그렇게 이루어지이다

알지도 못하고
알수도 없으나

원하는대로
바라는대로
그렇게 이루어지이다

31. 발레리나

나는 발레리나
춤을 춥니다

음악에 발을 맞추어
춤을 춥니다

나는 발레리나
뛰어 오릅니다

사뿐히 뛰어올라
가벼이 내려 앉습니다

나의 춤이 아름답듯
나의 삶도 아름답기를

32. 언제쯤

잠이 들었습니다.
너무나 피곤했나 봅니다

어제도
오늘도
매일이 피곤한가 봅니다

언제쯤 편히 쉴 수 있을까요?
아무런 걱정없이 언제쯤
편히 쉴 수 있을까요?

그 날이 언제쯤 올 수 있을까요?

33. 안되는 듯

내 맘대로 되는 건
없는가 봅니다

내 뜻대로 되는 게
있으면 했는데
아무리 발버둥쳐도
아무리 기원해보아도

그렇게 되지 않나 봅니다

삶은 그래서 슬프고
우울할 뿐입니다

34. 마음

마음을 열었습니다
모든 마음을 열었습니다

이제는 더 이상
내가 없습니다

마음을 열고
그렇게 받아들입니다

조금 더 일찍 열었다면
얼마나 좋았을까요?

이제는 너무 늦어
후회만 될 뿐입니다

35. 기다렸건만

그렇게 기다렸건만
오늘도 허탈합니다

그럴 줄 알면서도
왜 기다렸을까요?

그래도 혹시나
기대를 했던 건

마음이 남았기 때문일텐데

너무나 마음이 아파
이제는 기다림을 잊고 싶을뿐입니다

36. 될 줄

될 줄 알았는데
왜 안되는 걸까요?

저의 잘못인가요?
어쩔 수 없어선가요?

되리라 믿었는데
그 믿음도 소용 없는건가요?

그래도 끝까지
믿어야 할 뿐

되리라 믿어야 할 뿐

더 이상 방법이 없기 때문입니다

37. 무소식

죽었는지 살았는지
알수가 없습니다

아무리 기다려도
아무리 연락해도
답이 없기에
답답한 마음에
불안하기만 합니다

소식이라도 있었으면
연락이라도 닿는다면
얼굴이라도 볼수 있다면
얘기라도 할수 있다면

오늘이라도 소식이 있다면
더 바랄 것이 없습니다

38. 집으로

집으로 돌아갑니다

사랑하는 부모님이 계시는
집으로 돌아갑니다

길을 나섰다
길을 잃고 헤매다
그 많은 것을 겪고
그 모든 것을 잃고
집으로 돌아갑니다

이제는 다시는
집을 떠나지 않으렵니다

나를 사랑하는
부모님이 계시는
집을 떠나지 않으렵니다

39. 변화

변할거라 생각했지만
변하지 않네

바뀔거라 생각했지만
바뀌지 않네

무슨 이유일까
왜 그런것일까

모든 것이 변하는데
왜 그것은 변하지 않는 것일까

언제까지 기다려야 할까?
희망은 있는 것일까?

이제는 그만해야 할지
나의 맘은 무겁네

40. 소용 없네

그토록 정성을 들였건만
그토륵 마음을 다했건만

아무런 변화 없고
아무런 소용 없네

아마도 그 길이 아닌듯
아마도 어긋나 버린듯

이제는 소용없다는 걸 아네
더 이상 기대하지 않네

41. 진정한 나

진정한 나는 어디에 있는가

내가 생각하는데로
왜 나는 그리 못할까

나의 마음대로
왜 나는 그리 못할까

나의 영혼의 바람대로
왜 나는 그리 못할까

내가 바라는 나의 모습으로
왜 나는 변하지 못할까

진정한 나는 어디에 있는가

42. 길

나의 선택이 옳았던 것일까

이 길이 맞는 길일까
돌아갈 수는 있는 것일까

내가 가고자 했던 길은
이 길이 아닌 듯 한데

이제는 돌이킬 수도 없는데
계속 갈 수도 없는데

앞으로 갈 수도
뒤로 갈 수도 없으니

어찌 해야 하는 것일까

기다려도 길은 보이지 않아

길을 가는 것이
왜 이리 어려운 것일까

43. 허무

왜 이리 허무한 것일까

열심히 살았건만
하느라고 했건만

삶은 뜻대로 되지 않고
한계만 느껴질 뿐

어찌해야 하는 걸까

이리 허무한 것이
삶이란 것일까

44. 영혼

영혼을 잃어버린 것처럼
마음은 텅 비어 있고

내 영혼은 마치
사막에서 길을 잃은듯

내 영혼에 오직
사막의 모래바람 뿐

생기를 잃었고
이유를 잃었고
의지를 잃었으니

이 사막의 끝에
언제나 닿으려는지

45. 슬픈 소리

어디선가 슬픈 소리가 난다

내 마음 깊은 곳일까
내 영혼 깊은 곳일까

마음을 비웠는데도
많은 걸 내려놓았는데도

슬픈 소리는 그래도 들린다

내 마음 어딘가가 찢어진 탓일까
내 영혼 어딘가가 상처난 것일까

끝없이 들리는 슬픈 소리에
눈물이 흘러 내린다

46. 깊은 곳

너무 깊은 곳으로 내려와 버렸나
내가 원한 것이 아니었는데

더 이상 내려갈데가 없어
마음에 허무함만 쌓이고

여기서 언제나 올라갈 수 있을까

내 힘으로 저 위로 올라갈수 있을까

나는 이제 힘이 없는데
나는 이제 가진 것도 없는데

아마 이제는 이곳에서
그냥 침잠해야 할지도

47. 고통

고통이 무엇인지 아는 사람은
진심이 무엇인지 안다

고통을 받아보고 느껴본 사람은
내가 누구인지 안다

고통의 승화를 아는 사람은
끝이 무엇인지 안다

고통에 연연하지 않는 사람은
피안이 어디인지 안다

48. 귀 기울여

귀 기울여 듣는다
나의 마음의 소리를

귀 기울여 듣는다
내 영혼의 소리를

예전엔 왜 듣지 못했을까
이런 소리들을

들리지 않았던 것일까
듣고도 외면한 것일까

이제는 매일 듣는다
그 소리들을

49. 상처

더 이상 상처받지 않았으면
아프지 않았으면

그동안의 상처도 너무 많아
아픔도 너무 많아

이제는 밝은 미소가 있었으면
행복과
기쁨과
즐거움으로
가득했으면

50. 삶과 잊음

삶이 나를 잊은 것일까
나를 외면하는 것일까

삶은 나에게 답하지 않고
반응도 없다

나에게 관심이 없는 걸까
내가 필요가 없는 걸까

나는 삶이 필요한데
진정으로 진실한 삶이 필요한데

삶은 언제 나를 쳐다볼까
언제 나를 알아줄까

51. 새로운 길

내가 삶을 경험하는 줄 알았건만
경험이 나를 만들었다

아픔도 슬픔도 고통도
그것이 나를 만들었다

그렇게 새로워진 나는
어떤 길을 갈수 있을까?

예전의 그 길이 아니기에
두려운 걸까?
아쉬운 걸까?

생각 없이 그 길을 가리라
새로워진 내 모습으로

52. 안식처

나의 안식처는 어디일까?
내가 쉴 수 있는 곳이 있을까?

더 이상 갈 수가 없는데
이제 주저앉을 것 같은데

나를 받아주는 곳이 있을까?
나를 위로해주는 곳이 있을까?

이제는 진정으로 쉬어야 할텐데
한걸음 조차 내디딜수가 없는데

53. 푸르지 않고

푸르른 하늘을 보아도
마음이 푸르지 않고

빨간 단풍을 보아도
마음은 빨갛지가 않다

흰구름 흘러가는 바람에
내 맘을 맡겨야 할지

밤하늘 빛나는 별에
내 맘을 맡겨야 할지

54. 이슬방울

아스라히 날이 밝았다

하늘이 새로 열리고
햇빛도 새롭게 빛난다

모든 것이 다시 시작되는
새로운 날이다

나의 날만 새롭게
시작 되지 않는가보다

풀잎에 떨어지는 이슬처럼
내 맘에 떨어지는 눈물

55. 돌아오는 것들

미워하는 만큼 다시
나에게 돌아오고

증오하는 만큼 다시
나에게 돌아오며

질투하는 만큼 다시
나에게 돌아오니

미움을 사랑으로
증오를 용서로
질투를 포용으로

56. 많은 일들이

너무나 많은 일들이
일어났습니다

주저 앉을 정도로
감당할 수 없었습니다

너무나 많은 것들이
변했습니다
믿어지지 않아
꿈인줄 알았습니다

너무나 많은 것들을
잃어버렸습니다

다시 찾을수 없기에
마음이 아플뿐입니다

57. 여기에 있음

없음의 세계에서 왔습니다
없음의 세계로 가야 합니다

나의 있음은 없음을 위함도
없음으로 향함도 아닙니다

나의 바람은 있음을 위함이며
나의 일상도 있음을 위함입니다

나의 있음은 나됨을 위함이며
더 나은 나됨을 향하려 합니다

나의 처음은 의미없는 없음일진 모르나
나의 나중은 의미있는 없음입니다

그러기에 내가 지금 여기에 있습니다

58. 그곳

그곳이 있는지는 모릅니다
그곳이 어딘지도 모릅니다

하지만 편안하리라 믿습니다
아픔이 사라졌기에
고통이 사라졌기에

많은 순간들이 있었습니다
그 순간들도 내려놓고 갑니다

이젠 온전히 쉴 수 있습니다
그곳에서 편안히 쉴 수 있습니다

59. 자유

나의 자유는 나로부터 말미암아

사람으로부터 자유하고
사회로부터 자유하며
아는것으로부터 자유하고
욕망으로부터 자유하니

바람이 불어오고
먹구름이 몰려오며
폭풍우가 몰아쳐도
아무런 걱정 없네

나로부터의 자유가
그 모든 것을 해결하리

60. 분별

분별은 나로부터 말미암습니다
대상은 그로부터 말미암습니다

그와 나는 따로입니다
분별과 대상도 따로입니다

나의 분별로 대상을 알 수 없습니다
아는거라 생각할 뿐입니다

무분별의 세계로 문을 엽니다
인식도 대상도 이제 자유로움을 얻었습니다

61. 쉼

마음도 쉬렵니다
생각도 쉬렵니다

마음으로 인해
생각으로 인해
고통만 가득할 뿐입니다

마음의 쉼으로
집착을 버립니다

생각의 쉼으로
기대를 버립니다

마음의 쉼이
나를 자유하게 합니다

생각의 쉼이
나를 평안하게 합니다

그렇게 쉼으로
살아있음을 느낍니다

그것이 바로
내가 가야할 길입니다

62. 내년 가을

불어오는 바람은 선선하고
하늘은 더욱 푸르르고
단풍도 이제 눈에 띄니
완연한 가을에 되었네

내년의 가을은 어떨린지
내 주위가 변함없을지
큰 변화가 있을지

세월은 너무 무섭고
시간은 그렇게 흘러간다

63. 내 영혼

내 영혼은 어디에 있는가
사막의 모래바람속인가
거센 비바람속인가

누가 내 영혼의 주인인가
보잘것 없는 나인가
주위를 둘러싼 타인인가

내 영혼은 언제 쉼을 얻는가
과거에도 쉬지 못했고
오늘도 할 일은 많은데

내 영혼에 따뜻한 날은 오려나
얼굴엔 미소 짓고
마음은 평안한
그러한 날이

64. 무엇을 위해

궁극적 삶의 목표는 무엇인가

무언가를 이루어야 하는가
꿈이 실현되어야 하는가

누구를 위한 삶인가

다른 사람을 위한 희생인가
나의 만족함인가

무엇을 위하여 살아가야 하는가
얻음으로 끝인가
끝없는 일상인가

65. 순간의 집합

아름다운 순간
행복했던 순간
기쁨의 순간도 있었으나

고통의 순간
아픔의 순간
슬픔의 순간도 있었으니

우리 삶은 순간의 집합

잎으로라도
소중한 기억만이 남았으면

66. 흘러감

흘러가다 바위를 만났습니다
깨지고 부서져 산산이 흩어졌습니다

다시 힘을 모아 흘러갑니다
굽이쳐 흐르다 보니
느낌이 이상했습니다

너무 빨라지는듯 하더니
절벽이었습니다

돌이킬 수가 없었습니다
선택할 수도 없었습니다
떨어져 내리는 것 외엔
방법이 없었습니다

높이가 어찌나 높던지
까무라쳐 버리고 말았습니다

정신을 차리고 보니
커다란 강물에 휩쓸려
흘러가고 있었습니다

얼마나 지났을까요?
너무나 큰 세상에 온듯합니다

어디가 끝인지 알수도 없을만큼
드넓은 세상이었습니다

여기가 어딘가 하는 순간
따가운 햇살이 나에게 몰려듭니다

갑자기 가벼워 지는 듯 하더니
어디론가 올라가는 듯 합니다

눈 아래 드넓은 세상이 보였습니다
나의 흘러감은 그렇게 끝난 듯 합니다

흘러감은 그렇게 멈추고
편안한 시간이 오려나 봅니다

67. 이제는

이제는 압니다
미련을 가져도 소용없고
집착을 해도 의미 없음을

비웠습니다
무언가 가득찬 마음을
복잡하게 하는 생각을

버렸습니다
하고자 하는 나의 욕심을
나와 내 소유하는 것들을

이제는 자유합니다
나와 내 주위의 사람들로부터
삶과 죽음으로부터

68. 돌아가리라

나 이제 돌아가리라
따스하고 편안한 그곳으로

나 이제 돌아가리라
쉼이 있고 안락한 그곳으로

나 이제 돌아가리라
미소로 나를 반겨주는 그곳으로

나 이제 돌아가리라
원래 내가 있었던 그곳으로

69. 잃을것도 얻을것도

소중한 것을 잃었다고 생각했다
하지만 원래 내것이 아니었다

주위에 아무도 없는 것 같았다
원래 아무도 없었다

얻는 것이 하나도 없는 것 같았다
원래 아무것도 없었다

나를 잃어버린 것 같았다
원래 나는 없었다

나에겐 잃을 것도 얻을 것도
처음부터 없었다

70. 과정

목적이 전부가 아니었다
목적을 위해 애쓰다 잃기도 한다
과정이 더 소중할지도 모른다

어디에 도착하면 또 가야 하듯
목적을 이루면 또 다른 목표를 세운다
얻었는데 왜 또 가는 것일까?

목적이 궁극이 아니기에 그렇다
목적은 과정을 위해 있는 건지도 모른다

71. 뒤돌아 봐도

뒤돌아 볼 필요 없다
최선의 선택이었으니

다시 돌아간다 해도
그 선택이었을 테니

후회는 당연한 것
미련도 당연한 것
모든 길을 다 갈수는 없으니

뒤돌아 볼 필요없다
어차피 지나 갔고
돌이킬수도 없으니

앞만 보고 가련다
더 나은 나를 위해
더 아름다운 날들을 위해

72. 바람부는 대로

바람 불면 부는 대로
물 흐르면 흐르는 대로

비가 오면 비를 맞고
눈이 오면 눈을 맞고

꽃이 피면 꽃을 보고
단풍 들면 단풍 보고

오는 사람은 오는 대로
가는 사람은 가는 대로

이루면 이루는 대로
못이루면 못이루는 대로

이것이나 저것이나
저것이나 이것이나

내려놓고 내맡기니
고요함과 평온함뿐

73. 이제는

그 눈엔 피곤함이 역력했다
하지만 기쁨도 가득했다

그 손은 너무 거칠었다
그래도 보람이 잡혀졌다

그 발로 종일 뛰어다녔다
그래도 희망의 걸음이었다

새로운 세계가 열리고 있다
살아보고 싶은 그러한 세계가

74. 다 그런듯 합니다

그렇게 많은 시간이 흘렀습니다
이제는 고비가 넘어간 듯 합니다

삶이 이렇게 힘든 줄 몰랐습니다
힘든 일이 많았는데도 말입니다

이제는 무감각해지나 봅니다

슬픔이나 기쁨이나
불행이나 행복이나
다 같게 느껴집니다

그렇게 삶이 초월되는가 봅니다
이제는 그 어떤 것도
다 그러려니 합니다

애쓸 것도 없고
마음쓸 것도 없습니다

모든 것이 다 그런 것 같습니다

75. 내 마음의 거울

내 맘속엔 거울이 있다
예전엔 소용없었다

비추지도 못했고
보이지도 않았다

이제야 그 거울이 보인다
조금씩 보이고
궁금해진다

내 마음은 어떻게 생긴 것일까?
나도 모르는 내 마음

그 거울을 이제는 매일 들여다 본다
오늘도 내일도
그렇게 매일 들여다 본다

76. 어떤 존재

의미있던 존재였던가
지나가던 존재였던가

그 존재를 몰랐었다
어떤 존재인지를 몰랐었다

알게 되어 무서웠다
알고 나서 두려웠다

존재의 회복은 불가능한 걸까?
이미 무너져 내린 것일까?

그 존재가 멀어져 간다
그 존재가 사라져 간다

77. 사라짐

사라져 버린듯 합니다

그렇게 되리라 생각은 했지만
너무 가슴이 아픕니다

그렇게 안되길 바랐건만
어쩔수 밖에 없는 건가요

나타나지나 말것이지
왜 나타났단 것인가요?

희망이 이제는 절망으로
기쁨이 이제는 슬픔으로

그렇게 되고 말았습니다

78. 평안한 삶

멀리 있지 않다
자유로운 삶이
평안한 삶이

나에게 달려 있다
행복한 삶이
진실된 삶이

79. 석양 위로

붉은 석양 하늘 위로
날아 올랐다

그 끝이 어딘지는 모르나
그 한계를 넘고자 했다

나의 날갯짓이 의미가
있는지는 모른다

하지만 이 자리가 아님을
나는 확실히 안다

언제 추락할지는 나도 모른다
거센 폭풍우가 올지도 모른다

모든 것을 맡길 뿐이다

그리고 나는 날아 오를 뿐이다
저 붉은 석양 하늘 위로

80. 다리

그를 건네주고 싶었다

강물은 너무나 깊고 넓었다

주위엔 조각배 하나도 없었고
돌아갈 길도 없었다

그곳에 머물게 할수가 없었다
더 이상 그곳에 있는걸 볼 수도 없었다

나를 모두 내주었다
나를 밟고 갈 수 있도록
나의 모든 것을 주었다

이제 그는 그곳에 없다

새로운 세계, 밝은 세계에
그는 있다

81. 그것으로 족하다

좋은 일이든 나쁜 일이든
과거일 뿐이다

과거는 존재하지 않는다
오늘만 있을 뿐이다

돌아볼 필요도
생각할 필요도 없다

변하지 않는 것은
나와 상관없다는 것

오늘이 있고 내일이 있다
기쁨이 있고 행복이 있다

그것으로 족하다
더 바라지 않는다

82. 무엇

무엇을 위해 사는 게 아니다
사는 것 위해 무엇이 있다

미래를 위해 현재가 있는 게 아니다
현재가 있은 후 미래가 있을 뿐이다

목적지를 위해 여정이 있는 게 아니다
여정을 위해 목적지가 있을 뿐이다

있음이 없음을 위한 게 아니다
있음은 비움을 위할 뿐이다

83. 그 순간

가슴 뛰는 순간들이 있었는가
그것이 언제 였던가

가슴 뛰는 순간들이 많았던가
그것이 몇 번이었나

가슴 뛰는 순간들이 또 있을까
앞으로 몇 번일까

가슴 뛰는 순간을 만들수는 없을까
이제부터라도

84. 어디에

그는 어디에 있는가

파도 치는 푸른 바다
물거품 휘날리는 속인가

하늘 위 하얀 구름
떠가는 거센 바람 속인가

눈부신 벌건 태양
타는 듯한 햇볕 속인가

나의 존재는 어딘지 모르는
그의 존재의 가까운 곳으로

두 날갯짓 퍼득여
아래위로 헤매고 있건만

영영 나타나지 않을
그를 기다려야만 하는가

85. 기쁨

살아있음을 느낍니다
나의 존재의 증명입니다

내가 할 수 있는 것이 있고
내가 좋아하는 것이 있으며
내가 몰입하는 것이 있습니다

멀리 있지 않고
바로 오늘 여기에
삶의 기쁨이 있습니다

86. 다툼

다툼의 원인은 나일 뿐이다

내 안에 다툼의 여지가 있고
내 안에 다툼의 의지가 있으며
내 안에 다툼의 여력이 있기에
다툴 뿐이다

내 안에 다툴 마음이 없고
내 안에 용서할 마음과
내 안에 받아들이고 포용할 여유가
있다면 다툴 이유가 없다

다툼이 없는 삶은
나에게 달려 있을 뿐이다

87. 흘러가고 싶기에

원래 내것도 없었고
사랑할 것도 없었고
미워할 것도 없었다

내 것이 있어봤고
사랑할 것이 있었고
미워할 것도 있었다

이제 다시 모든 것을
놓아야 할 때다

그렇게 놓아버리고
마음을 비워야 할 때다

삶이 그렇게 흘러가기에
나도 거기에 맞추어
흘러가고 싶기에

그것이 삶의 본질이기에

88. 홀로 가는 길

그 길은 나 홀로 가리라

누군가와 같이 갈 수 없고
같이 갈 사람도 없다

내가 가야할 길이기에
거칠고 힘든 가시밭길이기에
어떤 일이 앞에 있을 줄 알기에
나 혼자 묵묵히 가야 한다

나 대신 갈 사람도 없고
니를 위해 갈 사람도 없으며
내가 가야만 하는 길이기에
두려워 말고 길을 나서야 한다

거기서 만나는 모든 것이
나를 짓누르고
나를 넘어지게 하고
나를 피곤케 하여도

일어나 다시 걷고
힘들어도 다시 걸어
내 몸이 만신창이가 되어도
두려움 없이 나 홀로
묵묵히 그 길을 가리라

89. 제 자리로

인연따라 잠시 온 것을
내것이라 생각했다

자유로운 영혼을
내것이라 생각했다

나에게 다가왔다고
나에게 속하는 줄 알았다

인연따라 다시 가고
자유롭게 갈 곳을 갈줄
왜 몰랐단 말인가

모든 것이 이제는
제 자리를 찾아가는 것일뿐
나는 나의 자리를
지키면 될 뿐이다

90. 예속

나의 마음이 누구에게
예속되지 않기를

나의 생각이 누구에 의해
구속받지 않기를

누구에 의해서
나의 삶이 속박되지 않기를

나의 외부의 모든 것으로부터
내가 자유롭기를

받아들임

정태성 여섯 번째 시집 　　　값 8,000원

초판발행　2021년 10월 15일
지 은 이　정태성
펴 낸 이　도서출판 코스모스
펴 낸 곳　도서출판 코스모스
주　　소　충북 청주시 서원구 신율로 13
대표전화　043-234-7027
팩　　스　050-7535-7027

ISBN 979-11-91926-10-1